# LIRE pour LIRE

Charles Touyarot      Marcel Gatine

# dans la forêt

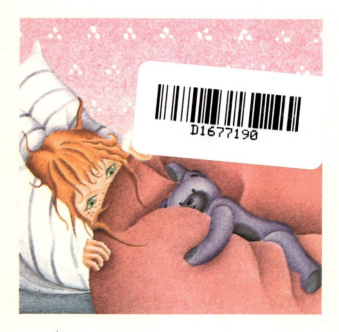

illustration de
Geneviève Marty

FERNAND NATHAN

dans la forêt, il y a un arbre.

dans l'arbre, il y a une grosse branche.

sur la grosse branche, il y a un nid.

dans le nid, il y a des oisillons

... qui ont faim.

dans la maison, il y a une chambre.

dans la chambre, il y a un lit.

dans le lit, il y a un petit ours

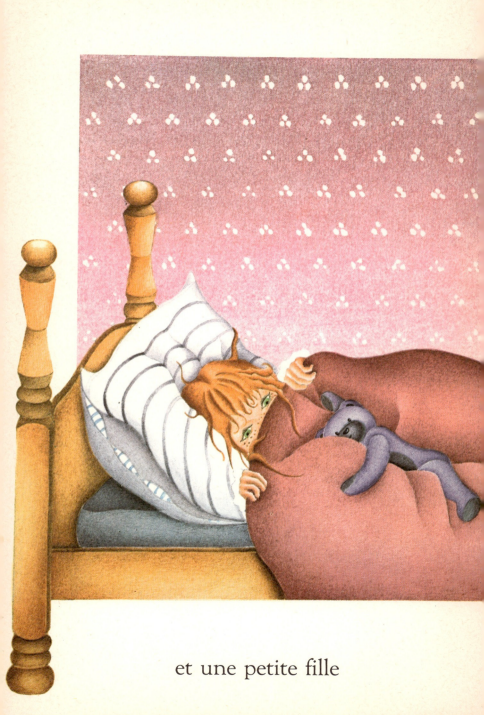

et une petite fille

... qui s'endorment.

dans la ville, il y a l'école.

dans l'école, il y a la cour.

dans la cour, il y a des enfants

... qui n'ont pas faim,
qui ne s'endorment pas :
c'est la récréation !

la forêt

la branche de
l'arbre

l'oiseau dans
son nid

la maison

la petite fille
s'endort

la cour de l'école

N° d'Éditeur A 35485 III (D-c-VII) - AT - Imprimé en France
Février 1984 - N° 2562 - Imprimerie Jombart-Kapp-Lahure, 27025 Évreux Cedex